GLOIRE A DIEU,

Poëme élégiaque

Dédié par son Auteur,

Le T.·. Ill.·. F.·. ESCODECA,

A LA R.·. L.·. DES HOSPITALIERS FRANÇAIS,

En sa Tenue du 15 Avril 1844.

PARIS,

IMPRIMERIE DE GUILLOIS, FAUBOURG SAINT-ANTOINE, 123.

1844.

GLOIRE A DIEU,

Poëme élégiaque.

Imprimerie du F.·. GUILLOIS,
Rue du Faubourg Saint-Antoine, 123.

Gloire à Dieu!

« Gloire à Dieu qui donne la vie,
» La force et la félicité !
» De bonheur mon âme est ravie !
» Gloire à Dieu dans l'éternité. »

Ainsi priait un homme au front pur et candide,
Aux yeux doux et sereins, dont le regard limpide
S'élevait de la terre et montait jusqu'au ciel,
Un jour qu'autour de lui la féconde nature,
Frémissante d'amour, dénouait sa ceinture,
Et sur la terre en fleurs faisait pleuvoir le miel !

Quel est donc ce mortel, qui devant Dieu s'incline?
Est-ce un ange envoyé par la grâce divine
Pour donner à la terre un rayon de bonheur?
Vient-il faire vibrer, de la lyre éternelle,
Une note pour l'homme, et dans son cœur rebelle,
Porter avec la foi, la paix et la ferveur?

Est-ce un sage absorbé dans une humble prière
Dont le parfum répand sur la nature entière
Le calme et le repos, l'espérance et l'amour?
Tandis que la vertu dans le monde est flétrie,
Lui, malheureux proscrit, pressent-il la patrie
Où de l'éternité commencera le jour?

Est-ce une âme à la terre enlevée avant l'âge,
Venant, chaque matin, visiter le bocage
Qui fut le confident de ses premiers désirs?
Va-t-elle dire encor au caressant zéphire
Le doux nom qu'elle aima, les transports, le délire,
Et les enivrements de ses premiers plaisirs?

Ah! cet homme qui prie eut la vie orageuse!
De son cœur indompté l'ardeur impétueuse
Égara son esprit aux jours de son printemps.
Cherchant la vérité dans un bonheur factice,
Au lieu d'un frais éden, c'était un précipice
Que ses pas incertains rencontrèrent longtemps.

De stériles travaux consumaient son génie.
Assis à son chevet, le doute et l'insomnie
De ses yeux obscurcis éloignaient le sommeil;
Et les déceptions à son âme oppressée
Jetaient le désespoir, tandis que sa pensée
Errait comme la nue en un jour sans soleil!

« Que voulez-vous, fleurs ravissantes,
» Disait-il; pourquoi parfumer
» Vos corolles éblouissantes
» Que le soleil va consumer?
» Devant votre robe vermeille
» Aucun sentiment ne réveille

» Mon âme en proie à la douleur ;
» Un feu dévorant me consume ;
» Je m'abreuve dans l'amertume,
» Je succombe dans le malheur !

» Grottes, rochers, forêt obscure,
» Ruisseaux au flot limpide et pur,
» Dites pourquoi votre murmure
» Monte de la terre à l'azur.
» Ce murmure est-il l'harmonie
» Où va s'inspirer le génie
» Quand il veut répandre son miel ?
» Est-il une voix qui console ?
» Serait-il la sainte parole,
» Serait-il un rayon du ciel ?

» Monts escarpés, plaines riantes,
» Avez-vous un sens incompris ?
» Où vont vos ondes écumantes,
» Fougueux torrents aux bords fleuris ?

» Fleuves qui roulez sur le sable,
» Lacs à la source intarissable,
» Dieu vous donna-t-il une voix?
» Avez-vous des chants pour la terre?
» Ces chants sont-ils comme un tonnerre,
» Ou comme une hymne au fond des bois?

» Douces haleines du bocage,
» Tièdes zéphirs dans les vallons,
» Nue où gronde et mugit l'orage,
» Tempêtes, éclairs, aquilons,
» Quelle est donc la force éternelle,
» Quelle est la puissance immortelle
» Qui vous tient comme au premier jour?
» Dans mon âme toujours errante,
» Venez-vous jeter l'épouvante,
» Où venez-vous porter l'amour?

» Et vous, scintillantes étoiles
» Qui décorez la sombre nuit
» Quand elle a déployé ses voiles,
» Dites, quelle main vous conduit?

» Avez-vous des routes tracées
» Que le temps n'a pas effacées
» Dans son éternel mouvement ?
» Des cieux vous parsemez la voûte :
» Est-ce pour éclairer le doute
» Que vous brillez au firmament ?

» O désirs, flamme qui dévore,
» Pourquoi tourmenter mon esprit?
» Pourquoi m'assiégez-vous encore
» Comme le remords du maudit ?
» Jamais ne pourrai-je connaître
» Tous les mystères de mon être,
» Tous les secrets du créateur ?...
» Pour bénir la grâce divine
» Aucun écho dans ma poitrine
» Ne porte un mot révélateur ! »

Un mot révélateur ! insensé, tu blasphêmes !
Pourquoi le demander à de trompeurs systèmes

Ce mot que tu voudrais savoir ?
Murmura doucement, jusqu'au fond de son âme,
Une suave voix comme une voix de femme,
Ou comme la brise du soir :

« Ce mot, il est partout, il brille en toute chose,
Sur l'insecte léger qui caresse la rose,
Dans la naissance et le trépas,
Dans le jour, dans la nuit, dans l'air que tu respires ;
Et, pour le découvrir, constamment tu t'inspires
Dans le doute ? Il ne le sait pas ! »

Mais cette douce voix, hélas ! fut impuissante
Pour donner le repos à cette âme souffrante
Qui se desséchait dans l'orgueil !
Remontant vers le ciel sa divine patrie,
Elle s'évanouit comme une fleur flétrie,
Comme un soupir sur un cercueil !

Et, poursuivant encor les lueurs incertaines
Que montraient à ses yeux les sciences hautaines,
Rêves de l'esprit révolté,
Cet homme s'agitait à créer des chimères,
Il prenait pour le but des clartés éphémères,
Et l'erreur pour la vérité!...

Quel changement subit dans son esprit s'opère!
Il ne travaille plus; aux livres, il préfère
La grotte inaccessible au jour :
Rêveur, insouciant, aucun soin ne le touche.
Toujours le même nom s'échappe de sa bouche
Comme un souffle embaumé d'amour!

Il renaît à l'espoir; le feu qui le dévore
L'inonde de bonheur, son sommeil se colore
De songes, riants messagers;
Chacun de ses instants s'écoule dans l'ivresse,
Et son âme, en ces mots, exhale sa tendresse
Qu'elle dit aux zéphirs légers :

« O toi, doux trésor de ma vie,
» Être adoré qui, dans les cieux,
» De l'ange exciterais l'envie,
» Toi, par qui mon âme est ravie,
» A tes pieds je brave les dieux.

» Je ne crois plus à la science
» Qui m'abreuva de désespoir ;
» Toi seule est toute ma croyance,
» Je me livre avec confiance
» A ton angélique pouvoir.

» La puissance de ton sourire
» M'enivre de félicité ;
» A tes genoux elle m'attire
» Et porte en mes sens le délire
» D'une ineffable volupté.

» Ton harmonieuse parole
» Parfume l'air autour de nous,
» Quand de ta bouche elle s'envole
» Comme une note qui console
» Et dont le ciel serait jaloux.

» Ton regard céleste et candide
» Est pour moi l'astre du bonheur
» Lorsque de ta paupière humide
» Il s'échappe, rayon timide,
» Pour arriver jusqu'à mon cœur.

» Ta beauté ressemble à l'aurore
» Douce compagne du matin ;
» Comme elle, vierge que j'adore,
» Ton aspect ravit et colore
» Les mystères de mon destin !

» Ah ! qu'une alliance éternelle
» Enchaîne ta vie à ma foi !
» Que ma flamme toujours nouvelle
» T'invoque comme une immortelle ;
» Je n'ai pas d'autre Dieu que toi !... »

Insensé, qu'as-tu dit, et quelle est ta démence ?
Sur ce front adoré, trône de la pudeur,
Tu concentres ta vie..... et déjà la souffrance
Y répand sa pâleur !

Telle qu'un lys sans tache, orgueil de la vallée,
Cette vierge n'a plus à vivre qu'un moment ;
Pour monter vers les cieux ses pas, du mausolée,
S'approchent doucement !...

Comme un arbuste en fleurs, dépouillé par l'orage,
Se flétrit et tomba cette rose d'amour !
Ses pudiques attraits, desséchés avant l'âge,
S'enfuyaient sans retour !

Chaque nouveau soleil voyait tarir la source
Des jours que le destin, pour elle avait comptés ;
Lorsque bientôt le temps, implacable en sa course,
Les eut tous emportés.

C'est alors que sonna l'heure de l'agonie !
Et lui, dans la douleur du déchirant adieu,
Vit l'amante briller d'une grâce infinie.....
Elle parlait à Dieu !

Puis, se penchant vers elle, il écoutait encore.
Mais tout était fini ; dans un dernier soupir
Cette âme s'envola vers la céleste aurore
Où va le souvenir !....

Désormais seul au monde, ignoré de la foule,
Tel qu'un mur ruiné qui, lentement, s'écroule,

Cet homme sentait fuir la force de son cœur.
En perdant son amante il perdait l'espérance :
Le jour, par sa clarté, la nuit, par son silence,
Lui rendaient plus affreux son funeste malheur.

Mais l'aspect de la mort avait changé son âme ;
Depuis le jour fatal une secrète flamme
Portait dans son esprit un rayon de la foi ;
Lorsque la même voix, parlant à son oreille,
L'arrache au désespoir, le console, et réveille
L'amour de la prière, impérissable loi !

Maintenant résigné, confiant et tranquille,
Il attend que son corps, enveloppe fragile,
A son âme, en mourant, rende la liberté.
Il n'aspire qu'au ciel, séjour de son amante ;
A chaque heure qui fuit sa quiétude augmente.
Chaque heure mène à Dieu qui fit l'éternité !!!

www.ingramcontent.com/pod-product-compliance
Ingram Content Group UK Ltd.
Pitfield, Milton Keynes, MK11 3LW, UK
UKHW020459220726
13923UKWH00006B/2647

9 782019 223779